Pourquoi les grenouilles annoncent-elles la pluie ?

Un conte de la tradition vietnamienne
raconté par Geneviève Laurencin
illustré par Clotilde Perrin

À Thomas et Julien.
g. l.

À Émile et Martine.
c. p.

Père Castor • FLAMMARION

© Flammarion 2005 - Imprimé en France
ISBN : 978-2-0816-1392-8 – ISSN : 1768-2061

C'était du temps où un empereur régnait sur le ciel.
Une grande sécheresse sévissait sur la terre de Chine.
Privés d'eau, les sols durcissaient, les rivières tarissaient,
les arbres et les plantes dépérissaient, les animaux se mouraient de soif.

Au fil des jours, la situation s'aggravait.
Animaux, petits et grands, se lamentaient :
– Malheur de malheur !
– Quelle injustice !
– Qu'allons-nous devenir ?

Parmi tous ces animaux, se trouvait une grenouille,
maligne comme tout, qui réfléchissait beaucoup.
Un matin, elle eut une idée et en fit part à ses amis :
– Je vais aller me plaindre à l'empereur du ciel. Son génie de la pluie,
le dragon Mua, ne fait pas son travail. Il oublie d'ouvrir les portes
et les fenêtres des nuages. On ne va pas se laisser faire !
– Je t'accompagne ! dit le crabe aux grosses pinces.
– Nous aussi ! Tu peux compter sur nous ! dirent l'ours et le tigre.

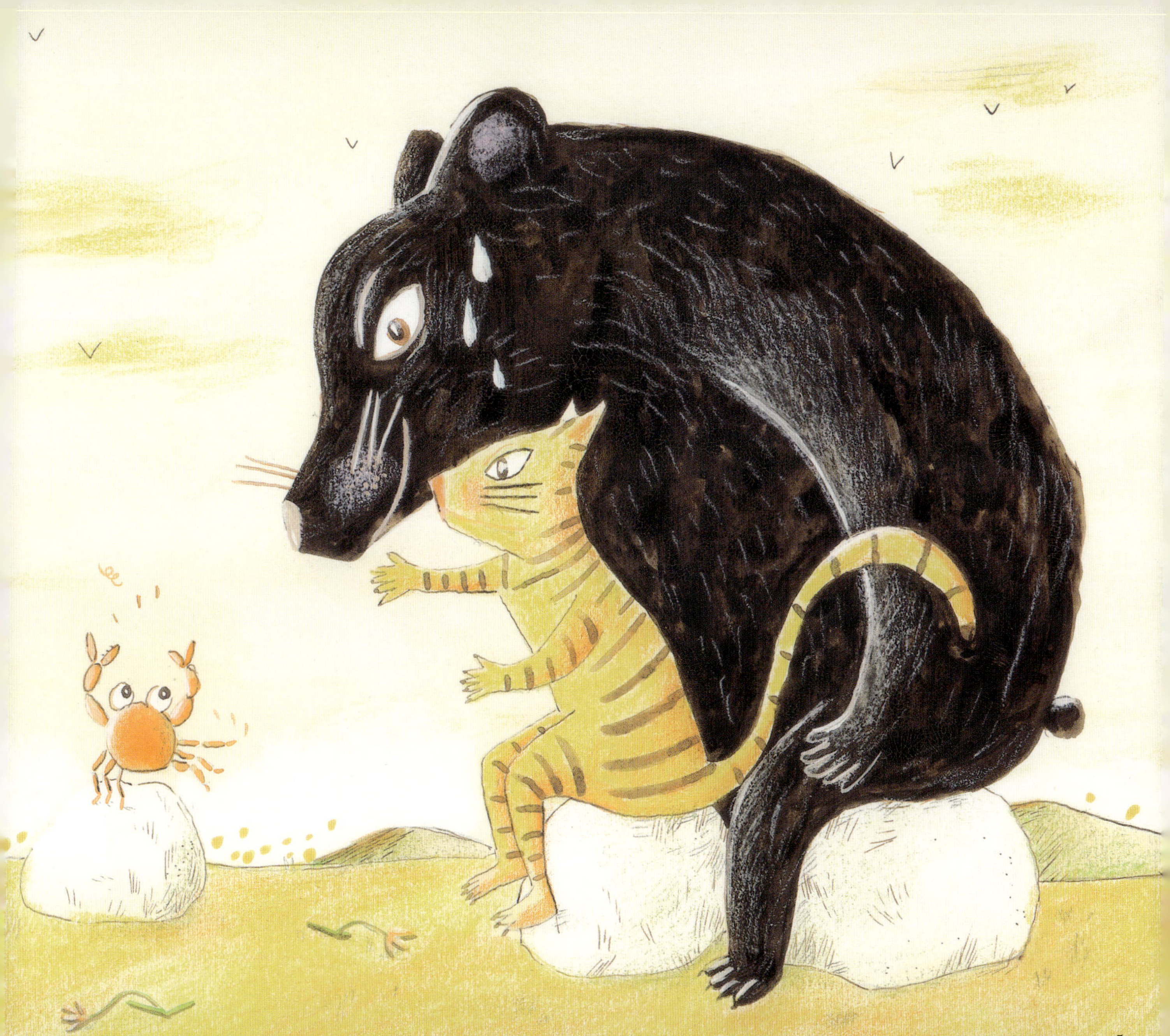

Et la grenouille, accompagnée de ses trois amis,
partit gravir la montagne en direction du ciel.

En chemin, ils rencontrèrent le renard et l'abeille
qui leur demandèrent :
– Où allez-vous comme ça ?

– Chez l'empereur du ciel pour nous plaindre de Mua, le génie de la pluie.
– Et si nous venions avec vous ?
– Volontiers ! dit la grenouille.

Très vite, les six compagnons atteignirent le sommet,
sautèrent et volèrent de nuages en nuages.
Arrivés tout au bout du ciel, ils découvrirent le palais de l'empereur.

Devant l'impressionnante porte de bronze,
se trouvait un magnifique tambour.
Quiconque estimait que l'injustice régnait sur terre
avait le droit de s'en servir pour prévenir l'empereur.
– Laissez-moi faire ! dit la grenouille à ses cinq amis.
Cachez-vous là tout près ! Je vous appellerai si j'ai besoin de vous !

Et la grenouille frappa fort, très fort, de plus en plus fort,
sur le tambour. Boum ! Boum ! Boum !
Quelqu'un apparut à la fenêtre. C'était justement le dragon Mua,
le génie de la pluie, venu faire un petit séjour à la cour céleste,
en l'absence de son maître l'empereur, parti en voyage !

– Qui ose tambouriner et troubler ainsi mon sommeil ? lança-t-il furieux.
Et il envoya le gardien du palais voir ce qui se passait.

Le gardien, en bon serviteur, courut à la porte.
Il revint aussitôt apporter la réponse à Mua :
– C'est la grenouille. Elle veut se plaindre de vous à l'empereur,
lui dire que vous ne faites pas votre travail.
– Quelle effrontée ! Oser s'opposer à moi !
Indigné, le dragon envoya son coq de combat
aux ergots bien aiguisés braver la petite grenouille.

Quand la grenouille aperçut le coq, elle fit signe à l'ami renard,
qui sortit de sa cachette, sauta sur le volatile et n'en fit qu'une bouchée !

13

En apprenant la fin tragique de son coq, Mua sentit la colère monter en lui :
– Quel manque de respect ! s'écria-t-il. Je ne vais tout de même pas
me laisser dominer par une minuscule grenouille !
Et il envoya son chien aux crocs redoutables affronter la petite grenouille.

Quand la grenouille aperçut le chien, elle fit signe à l'ami ours,
qui sortit de sa cachette, sauta sur le molosse,
l'écrasa, l'aplatit et le laissa inanimé face contre terre !

15

En apprenant l'anéantissement de son chien, Mua faillit s'étrangler de fureur :
– Que dis-tu là ? Un renard et maintenant un ours
qui s'en prennent à des animaux célestes ! Et cette maudite grenouille
qui ne cesse de coasser et de tambouriner.

Elle va finir par alerter l'empereur !
Elle va me le payer ! Prends cette hache
et délivre-moi au plus vite
de cette insolente et de ses maudits amis !

Le gardien, en bon serviteur, empoigna la hache et,
rassemblant tout son courage, gagna le seuil du palais.
Quand la grenouille l'aperçut, elle fit signe
à l'amie abeille, à l'ami crabe et à l'ami tigre,
qui sortirent tous trois de leur cachette,
et se jetèrent sur lui.

Malheureux gardien ! Il hurlait, gesticulait
comme un fou. Son corps n'était plus
que piqûres, griffures, pincements et morsures !
Il réussit toutefois à échapper à ses attaquants
et à rentrer au palais, dans un bien piteux état…

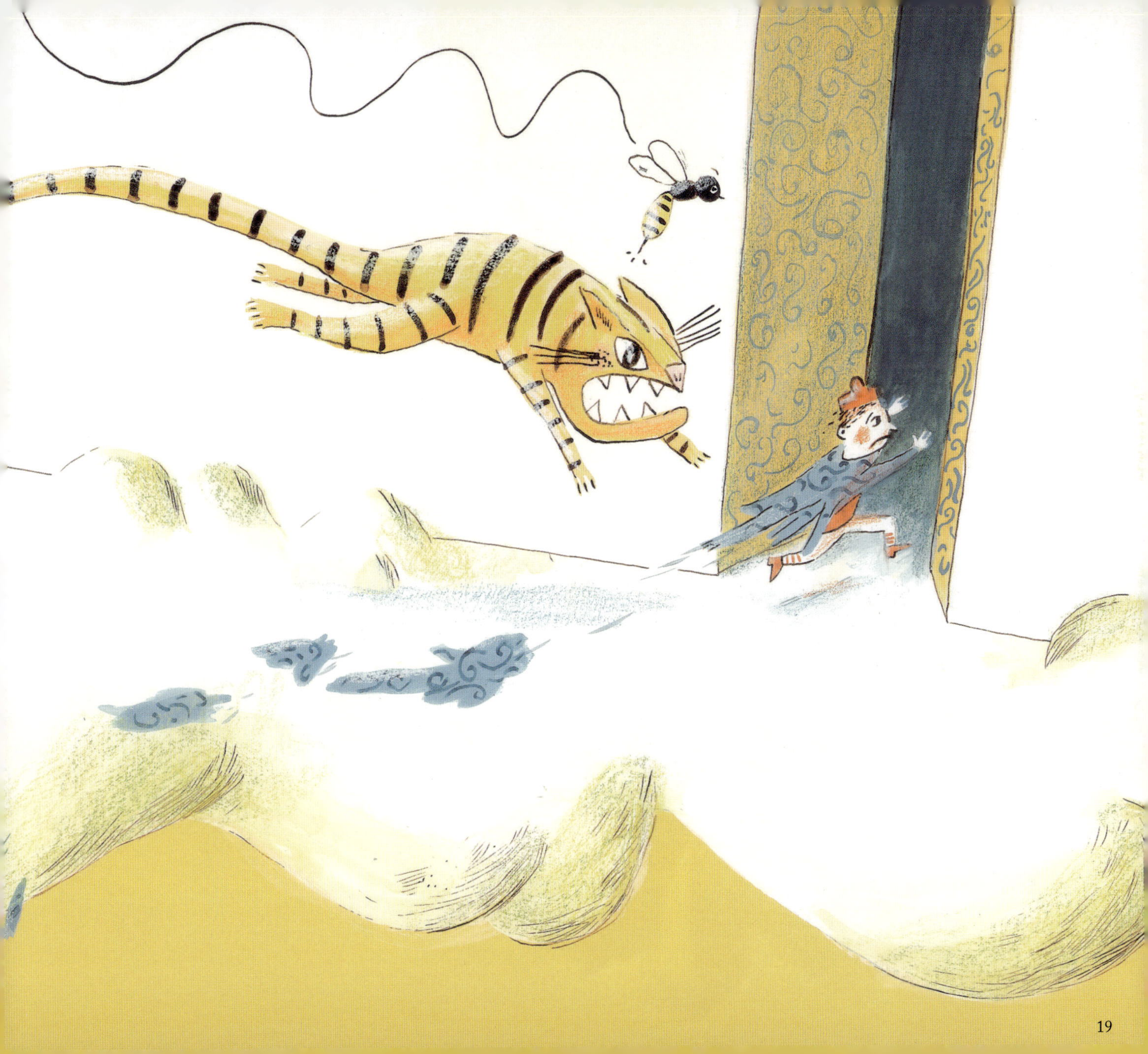

Soudain, une voix retentissante se fit entendre.
– Que se passe-t-il donc ici ? Que signifient ces roulements de tambour, si puissants qu'ils m'ont fait revenir de l'autre bout du monde ?
C'était la voix de l'empereur du ciel.

– C'est moi qui ai tambouriné, avoua la petite grenouille, toute timide.
Je suis venue, avec mes amis, me plaindre
des négligences de votre génie de la pluie.
L'empereur l'écouta attentivement et reconnut
qu'une grande injustice s'était produite sur la terre de Chine.

Sans plus attendre, l'empereur fit appeler le dragon Mua
qui essayait de se faire tout petit dans un coin.
– Tu avais pour tâche d'arroser la terre, gronda l'empereur.
Tu as manqué à ton devoir. Tu seras sévèrement puni.
Mets-toi vite au travail et reviens me voir quand tu auras fini.
Tout penaud, Mua le génie de la pluie
s'envola aussitôt exécuter sa mission.

Alors l'empereur s'adressa à la petite grenouille :
– Si, à l'avenir, Mua oublie encore d'ouvrir les portes et les fenêtres
des nuages, ne te fatigue pas à revenir ici. Contente-toi de coasser très fort.
Il t'entendra et accomplira docilement son travail.
La petite grenouille s'inclina, remercia l'empereur du ciel
et s'en retourna chez elle avec ses amis.

Voilà pourquoi, depuis ce temps, les grenouilles,
malignes comme tout,
font tant de bruit quand la pluie vient à manquer !